글벗시선200 조인형 세 번째 시집

마음에 피는 꽃

조인형 지음

도서출판 글벗

세 번째 시집을 출간하며

그림처럼 평화롭고
상식대로 이루어지는 세상
그런 삶을 살련다
속담처럼
귀에 걸면 귀걸이
코에 걸면 코걸이
상식이 통하지 않는 것이 현실이다
허상에 끌려 바람 부는 대로
흘러가는 세상은 싫다
상식은 기준점이 있어야한다

그대로 이루어지는 세상
어느 때고 흙탕물이 밀려와도
상식이 밀리지 않아야 한다
튼튼한 기둥이 되어
든든한 바위에 뿌리를 내려라

누구나 공평하고 행복한

삶을 살 수 있기를 바란다
마음 놓고 정의롭게 행동하며
서로 도우며 살고 싶다
그게 바로 상식이다

상식이 통하는 행복한 세상, 좋은 세상을 꿈꾸며
조금이나마 위로가 되기를 기대한다

세 번째 시집이 나오기까지 지도해주신 김은자 회장님과
이 3권의 시집이 시를 쓰기 시작한 1년여 만에 세상에 나
오도록 아낌없이 끝까지 지도해 편달해 주신 계간 글벗
편집주간 최봉희 회장님께 진심으로 감사의 말씀을 전한다.
또한 늘 조언을 아끼지 않은 방서남 시인과 서금아 시인
께도 고마움을 느끼며 감사하다.

2023년 8월

차 례

제2부 태양이 꿈꾸는 세상

제3부 그대는 내 사랑

제4부 추억을 동동 마시며

제5부 우정 짙은 귀갓길

제6부 행복의 길

■ 서평

제1부

낙화의 눈물

꽃밭에서

시 조인형
손글씨 이양희

지는 꽃잎 바라보고
슬퍼하지 마라-
떨어진 꽃잎도
아프단다-

미안하다-
꽃밭을
잘 가꾸지 못해서

꽃나무야
잘 자라서
예쁜 꽃으로
이 넓은 세상
기쁨과- 행복으로
가득 채워라-

꽃밭에서

– 시 조인형, 손글씨 도담 이양희

지는 꽃잎 바라보고
슬퍼하지 마라
떨어지는 꽃잎도
아프단다

미안하다
꽃밭을
잘 가꾸지 못해서

꽃나무야
잘 자라서
예쁜 꽃으로
이 넓은 세상
기쁨과 행복으로
가득 채워라

오뚝이 처럼

시 조인형
손글씨 도담 이양희

얘야 내 앞서 가렴
엄마가 앞에 가요
왜그래?
엄마가 넘어지면 붙잡으려고
네가 넘어지면 어떻게 해?

난 절대 안 넘어져
나는 오뚝이잖아
엄마

그래라
이 세상 살면서
힘들고 지치고
가슴 아프고 넘어져도
오뚝이 처럼 살아라

오뚝이처럼

- 시 조인형, 손글씨 도담 이양희

애야 내 앞서 가렴
엄마가 앞에 가요
왜 그래?
엄마가 넘어지면 붙잡으려고

네가 넘어지면 어떻게 해?

난 절대 안 넘어져
나는 오뚝이잖아
엄마

그래라
이 세상 살면서
힘들고 지치고
가슴 아프고 넘어져도
오뚝이처럼 살아라

거짓말은 나쁜거야
시 조인형
손글씨 도담 이양희

엄마 맛있다
같이 먹어
아니다 난 많이 먹었다
너 다 먹어라

엄마는
나 많이 주려고
거짓말 하지?

안 속아
같이 먹어
거짓말은 나쁜거야

16_ 마음에 피는 꽃

거짓말은 나쁜 거야

- 시 조인형, 손글씨 도담 이양희

엄마 맛있다
같이 먹어
아니다 난 많이 먹었다
너 다 먹어라

엄마는
나 많이 주려고
거짓말 하지?

안 속아
같이 먹어
거짓말은 나쁜 거야

아우라지에서

아우라지에서 서로 부딪치고
거품을 물고 허우적거리며
때때로 비바람치는 태풍속에
흙탕물에 씻기고 있다

참고 견디는 밀돌
힘이 부치고 아파도
물결에 야무지개 굴러
쪼개지고 문드러지고 닳고
닳으며 할퀴어 간다

고통속에 수천 년을 뒹굴어
자갈이 되고 모래가 되어
인간에게 유용한
삶에 보배 같은
몸짓으로 다가온다

우리도 잘 참고 견디면
서로가 아우러지는 고통 속에서도

삶이 잘 다듬어지고 어우러지며
성숙되어 가면서
삶의 밑바탕이 될 것이다

살아간다는것은
밀돌처럼 씻기고 핥켜가는
쓰라린 아픔이 있어야
세상을 살아가는 길 위에
유익하고 값진
한 톨의 보석이 되는것이다

흘러가는 삶

삶 이란 언제나
상식만 존재하는 것이 아니요

항상 즐겁고 안락하지
않을 것이니

상식적이지 않다고
너무 원망하지 말자
불행하다고 한탄하지 말라

세월은 멈추지 않는 시냇물처럼
흘러가기 마련이다
사랑도 그리움도 슬픔도
하염없이 흘러간다

눈물은 강이 되고
나는 돛단배가 되어
사공처럼 노를 젓어 가련다

깨소금처럼 고소했던 지난 세월
기쁨, 행복, 즐거움 모두가
소리 없이 가버리는구나!

너도 가고 나도 가고
가는 길은 동문생이다

험난했던 인생길
뒤돌아보지 말자

잡초처럼 엉성해 후회스럽고
긴 한숨이 가슴에다 대못을 박는구나!

삶은 굽이굽이 소용돌이치며
험난한 여정으로 흘러가는 것인가 봐

원망하지 마라 후회하지 마라
미워하지 말거라

삶이란 논밭을 일구는
황소처럼 꾹 참고 견디며
세상 따라 그렁저렁 흘러가는 것이
우리가 사는 세상인가 봐

황혼 녘에서

빗겨 가는 촌음 속에
멈추지 않는 열차처럼

저 높은 고지를 향하여
꿈을 찾아 뛰어간다

차창 밖 흐르는 시간
앞만 보고 달려온 길

노을 속에 출렁거리며
해는 어느덧 시들어간다

불꽃처럼 타오르던 욕망
청춘의 무지개 사라져가고

여물어 가는 벼 이삭처럼
고개 숙인 인생의 만추 맞는다

돌아보면 물거품 같은 부질없는 야망

이제는 연기처럼 사라져 버렸네

이 밤 저 하늘 반짝이는
별 헤아리며

황혼 녘 무릎에
투덜거리는 소리 슬피 운다.

널 너무 사랑했나 봐

쓸쓸한 그대 모습
저녁노을 조각달처럼
애처롭게 떠오르며
그리움이 이내 마음 흔들어 놓네

너의 밝은 미소가
슬픔으로 번질 때
나의 모습 애련하다

널 너무 사랑했나 봐
너의 목소리 귀가에 소곤소곤
무언의 소리가 애달픈 철새들의
울음소리처럼
내 가슴에 스며든다

나도 그랬어

하라는
공부하기 싫고

보지 말라고 하면
궁금해지고

일어나라고 하면
더 자고 싶은 마음

더 자라고 하면
일어나고 싶은 마음

가지 말라고 하면
더 가고 싶은 마음

너도 그랬어
응, 나도 정말 그랬어

반려견 해피처럼

해피가 먼 산 보고
넋 놓고 울부짖네

해피의 울음은
외로움도 추워서도 아니다
배고파서도 결코 아니다

나쁜 사람은 오지 마라
멍멍멍 메아리치듯 울부짖는다

나도 해피처럼
삼천리 밖을 바라 보며
울부짖고 싶다

사랑으로 머무네

보리수 달콤한 알
그리움 찾아들고
앵둣빛 닮은 빛깔
사랑이 스며들며
종자와
시인 박물관
행복 찾아 꿈꾸네

빗방울 속살속살
내리는 뒤뜰에서
보리수 새콤 한 알
행복이 찾아왔네
종자와
시인 박물관
사랑으로 머무네

반추의 갈피

청춘의 야망과 희망을 향하여
세월을 바위처럼 들쳐메고
돌아올 수 없는 길로
걸어가 버린 지난 시간

쓸모없는 욕심의 굴레에서
무시로 보내 버린 지나온 길

연기처럼 사라져 버린 꿈들
앞만 보고 달려온 그 길목 뒤돌아본다

그 길 어떤 순리가
숨어 있었던가

역경 속에 살아온 나날 미련 접어두고
감사의 가슴으로 살고 싶어진다

이제부터 보람의 날개 피고
작은 꿈 가슴에 품고

후회 없는 삶 누리며
황혼의 노을 머리에 쓴다

첩첩 산 발아래 두고
구름을 발로 찬다

둥실 바람 포옹을 만끽하며
푸른 여생 자락 휘날리며

학의 날개 올라타듯
창공에 마음껏 날고 싶어진다

낙화의 눈물

순백한 백목련꽃
사랑받은 그때를 못 잊네
철없는 아이처럼
떼를 쓰며 버티네

이슬인지 눈물인지
감추지 못하네
실바람 타고 떨어지는
우아한 모습이네

추위 견딘 동백꽃
아픈 상처 쓰라려서
안타까운 심장이
빨간 멍 가실 줄 모르네

어찌하지 못해 빨간 눈 감은 채
애달픈 마음, 심장마저 멈추고
바짝 마른 북어마냥
허무하게 떠나가네

고운 자태

파도는 누군가를
사랑해 찰떡찰떡
그리움 가득해도
말 못 한 부끄러움
오늘은
살짝 말할까
사랑한다 바위야

파도는 거품 물고
사랑해 보글보글
백합꽃 피울 날이
아직도 남아 있네
꽃처럼
눈부신 모습
몽글몽글 피었네

사랑과 용서

속살거리는
비와 입 맞추며
새콤달콤 보리수 한 알
새콤한 사랑을 속삭이며

보리수 한 알의
달콤한 행복이 스며든다

보리수 한 알의 밑거름이
종자와 시인 박물관의
사랑과 용서를 가르친다

욕망의 세월

시간은 멈추지 않고
저 높은 고지를 향하여 별빛 찾아 달려간다

저 산천 따라 흘러가는 인생 여행길
앞만 보고 달려온 시간

어느덧 노을 속에 너울거리며
해 질 녘이 가까이 온다

용광로같이 타오르던 불꽃
저 산 위로 아득히 날려 보내버리고

여물어가는 벼 이삭처럼
고개 숙여 조용히 가을을 맞는다

돌아보면 부질없는 헛된 꿈
이제는 봄날 눈 녹듯이 녹아내리고

저 멀리 반짝이는 별을 헤아리며
진리를 사색하듯 밤을 지샌다

오겠지

여름이 가고
가을이 오겠지

바람과 함께
단풍을
데리고 올 거야

가을이 가고
겨울이 오겠지
쓸쓸히 꽃은 떠나고
하얀 눈이 찾아올 거야

겨울이 오면
흰 눈이
북풍과 함께 찾아 들고
아마도 흰 눈처럼
하얀 머리가
늙음이랑 친구인 듯
찾아오겠지

달빛의 평화

떠오른 너의 모습
어둠이 밝아지고
달빛이 찾아오면
세상에 평화 오네
널 향한
나의 그리움
멈출 줄을 모르네

해처럼 솟아오른
밝은 빛 온화하네
손끝에 닿고 싶은
그리움 스며오네
마음의
평화를 주며
나의 가슴 따뜻해

너의 온기

분수처럼
그리움이 솟아오르며
임의 향기 깃들 때
행복한 나의 미소
호수처럼 머무르네

널 향한 내 사랑 끝이 없고
아궁이처럼 따스한 너의 온기
손끝에 잡인 듯이
내 가슴 활활 용광로처럼
불타오른다

핸드폰

세월이 흘러가니
외로움 많아지네
무릎이 아파 오며
동작은 느려지고
가고픈
여행도 싫어
핸드폰만 만지네

지나간 세월 속에
그리움 잠겨있고
마음은 청춘인데
행동은 거북이네
핸드폰
쳐다보다가
넘어져서 다칠라

내 인생의 흔적

경마처럼 달려온 길
앞만 보고 걸어온 흔적들

어느덧 노을 속에
그림자만 남겨졌네

용광로처럼 불타올랐던
욕망의 시간들

무지개 위로 아득히
날아가 버리고

여물어가는 가을밤
찬바람에 숨죽이듯

고개 숙여
조용히 가을을 맞이한다

지나고 보면 부질없이

헛된 야망의 흔적

이제는 춘삼월 우박처럼
상처만 남기고 있네

머~언 밤하늘 외로운 조각달
그리움을 감추고 있다

제2부

태양이 꿈꾸는 세상

그 소리가 들린다

소리가 들린다
살 빠지는 소리가
끄르륵 끄르륵
뱃속에서 들린다
살이 빠지고 있다

기쁨의 환희가
나팔 소리처럼 울려 퍼진다
뱃고동 소리가 울리는 듯하다

가슴이 뛴다
뱃살 없는 삶
가벼운 삶을 살 거라는 희망으로
웃음을 감출 수가 없다

- 하하하하
친구들아
내 뱃살이 빠지고 있어

그 자리

있을 때 몰랐을까
떠난 뒤 슬퍼지네
너 없는 그 자리가
무던히 힘이 드네
좋을 때
꿈속에서도
미처 생각 못 했네

세월이 흐를수록
눈망울 슬피 울고
너와의 깨소금이
그리움 눈물 나네
미안해
그냥 미안해
잘해 주지 못해서

젊음아

젊음아 너희는 좋겠다
꿈이 있어
꿈도 희망도 보이지 않은
삶을 살아왔던
늙음은 아쉬워 뒤돌아본단다

나의 젊음은 공장도 없었고
일할 곳이 없어서
허구한 날 놀았다

정부 하천 보수공사
하루에 10시간씩 일주일의 대가
밀가루 25kg 1포대 받았다

그것마저 아무나 못 해
마을 사람들끼리 순서를 정했다

힘들고 고단한 삶을 살아 온 늙음을
젊음이 이해하지 못할 것이다

거짓말

잘못을 감추려고
하늘을 가려보네
사실을 숨겨봐도
언젠가 알게 되네
차라리
숨기지 말고
사실대로 말하렴

거짓은 언젠가는
들통나 창피하네
그때야 후회한들
때늦어 부끄럽네
이 세상
사는 동안에
거짓말은 안 통해

새우젓 너스레

예쁜 새우 숨이 팔딱팔딱
살려 달라 아우성이다
소래포구 새우가
탱글탱글 굴러
바다로 가고 싶어
우드득거린다

소금을 듬뿍 넣어
비빔밥처럼 버무려
담아 주는 하얀 상자
삭히고 삭혀 새우젓으로
탈바꿈한다

갖은양념 버무려 밥상 위
올라와서 감칠맛 나는구나

가여운 새우 팔딱팔딱
살려 달라 애원했던 너
입안에다 어쩌자구
자꾸자꾸 넣는가

달고나 사랑

어릴 적 학교 앞
좌판을 벌여 팔고 있는
붕어 닮은 할머니의
사랑을 마시고

붕어 닮은
달고나를 만나

달고나의 사랑을 먹고
달고나의 꿈을 먹고
달고나의 행복을 먹고
갖고 싶은 욕심을 마신다

잊어버린 추억
소래포구 길가에서
지금 달고나를 팔고 있다.

고향으로 보내줘

활기 있고
감칠 맛 나는 소래포구
밀려오는 인파 속에 파묻혀
밀리고 있다

수족관 저 녀석들
상념에 젖어 있다

친구들이 보고 싶어
바다로 가고 싶다
저 넓은 바다
고향으로 가고 싶다

우럭은 우럭끼리
조개는 조개끼리
끼리끼리 모여 속살거리며
뜨거운 눈물 쏟는다

나의 흐르는 길

칠전팔기 오뚝이처럼
걸어가는 발걸음
누구 향해서도 아니고
누구를 위해서도 아니네

나의 길
나만이 가는 길
내가 가고 싶은 길
혼자 가는 인생이다

사막의 모래밭처럼 뜨겁다
오솔길, 가시밭길, 자갈길처럼
험난한 길들이 가로 놓여 있다
오도 가도 못하도록 힘들다

외로움에 정 마르고
까무러칠지라도
불타오를지라도
시냇물처럼 재지 않고 가리라

뒤돌아보지 않고
정의(正義) 따라
흘러 흘러 넓은
바닷가에 안착하리라

욕심 없는 비둘기처럼
끝없이 활활 날고 싶어라.

추억 굽는 빈대떡

광장시장 사거리
황해도 원조 빈대떡
막걸리 한 사발에 빈대떡 두 접시

오고 가는 인파 속에
책상다리 걸터앉아
황금처럼 귀하고 귀한
삶을 먹고
추억을 마셨네

지나가는 나그네
천사처럼 따뜻하게 맞아주는
정감 있는 원조 빈대떡 주인장
힘들고 어려운 환경에도
웃음과 사랑 잊지 않는
그분들의 존경스러운 삶에
부모님의 모습이 아른거린다

인사동 여자만

정치 이야기하지 말자
종교 이야기하지 말자
군대 이야기하지 말자
여자만 얘기하자

정치 이야기는 싸움의 시작이고
종교 이야기하면 할수록 헐뜯고
군대 이야기하면 시간 가는 줄 모르고
오직 여자 얘기만 하라 한다

여자 손님은 남자
얘기만 하는 건가

우리에게 삶의
지혜를 주고 있는 음식점

인사동 '여자만'이라는
남도음식전문점에서

태양이 꿈꾸는 세상

태양이 밝아온다
저 동쪽 하늘 떠오르는
태양을 보아라
우리에게 사랑과 희망과
꿈을 심어 주지 않니?

우리는 태양에
고마움을 알아야 한다

자기 몸을 불살라 사랑을 주며
우리에게 아무런 보상을
바라지 않는다

공짜로 받고 귀한 줄도
모르고 살고 있다

우리는 부모님께
감사함을 모르고 있다
고마움을 모르고 살고 있다

부모님으로부터

세상에서 단 하나 밖에
없는 귀하고 귀한 생명을 선물로 받고
또한 사랑 속에 성장했다
고마움을 모르고 사는 것과
무엇이 다르겠는가

태양이 아니면
이 거룩한 대지 세상천지 수많은 만물을
누가 키우고 가꾸어 줄까?

태양이 아니면 누가 빛을 주고
어둠을 주겠는가
빛이 있으니 어둠이 있고
어둠이 있으니 빛이 있는 것이다

우리는 부모님께서
오직 원하는 삶이란
건강하고 행복하고 잘 살기를 바라는 것처럼

태양이 바라고 원하는
꿈꾸는 세상을
만들어 가야만 하는 것이다

동행이란

어깨를 나란히 하며
함께 걷는 것
혼자보다 둘이 걷는 발걸음은
더 가볍고 힘 있고 즐겁다

그러나 꼭 둘이
걷는 것만이 동행은 아니다
서너 명이 걸어도
함께 걷는다면 동행이다

혼자보다는 둘이, 둘보다는 셋이
셋보다는 여럿이 동행한다면
행복이 배가 되고
곱빼기로 행복한 삶을
영위할 수 있다

꽃바구니를 보아라
홀로 있는 꽃이 있는가
혼자라면
얼마나 쓸쓸할까

멍때린 가슴

창밖에 속살속살
빗속에 여인처럼
그리워 구슬프게
사랑을 속삭이듯
창밖에
사랑비 내려
들려오는 목소리

빗방울 떨어지니
무늬가 아름답네
그 임의 얼굴처럼
웃음 띤 모습이네
빗방울
멍때린 가슴
서러워서 그립네

오고 가는 정

꽃이 예쁘게 보이는 것은
젖먹이처럼 보는 예쁜 마음이다

강아지가 예쁘게 보이는 것은
사랑으로 보기 때문이며
사랑과 기쁨을 주는 강아지는
예쁜 이름으로 불리어진다

꽃을 꽃이라 부르지 않고
쓰레기라 부른다면
쓸모없는 쓰레기가 되어
쓰레기통에 내던져진다

강아지를 보고
얄미운 쥐새끼 같은 놈이라고
불러 보아라
그래도 예쁜지?

서로가 가는 정 오는 정속에

욕심과 사심과 이기심을 버려야
예쁘고 사랑스러워
예쁜 이름으로 불리는 것이다

선생님!
행복합니다. 사랑해요
그렇게 불리는 것이다

아버지 사랑

비가 태풍을 데리고 온다
온 산천 바람이 불고
토방까지 물이 찬다

빨리빨리 피난 떠나거라
- 아버지는?

난 살 만큼 살았다 밤길도
잘 못 걷는 내가 집이나 지키련다
- 안 돼요. 같이 가요

아니다 전부 가라
난 혼자 있을란다

아버지를 집에 두고
도망가는 무거운 발걸음이 떨어지지 않는다
눈에서는 눈망울이 울고 있다

물을 좋아하면 물에 빠져 죽고

나무 올라가는 것을 좋아하면
나무에서 떨어져 죽는단다
원숭이도 나무에서 떨어져
다칠 때가 있지 않니?

– 예! 사랑합니다. 아버지

한재골 연가

병풍산 아랫마을
한재골 산자락에
물 좋고 경치 좋고
인심이 가득하네
웃음이
가득한 마을
보고파서 그립다

피라미 송사리가
한가히 노니는 곳
꽃 피는 봄이 오면
인파가 몰려오네
산 좋고
계곡물 맑아
찾고 싶은 한재골

* 한재골 : 전남 담양군 대전면에 있는 계곡

어찌할꼬

땅에서는 노란 호박들이
축구공처럼 야무지게 뒹굴고

나무 위에 감들이 주렁주렁
노오랗게 매달려 누렁이처럼
주인 오기만을 기다리네

논에서는 물들인
노랑머리 춤을 추며
날 데려가기를 어린아이인 양
눈 빠져라 기다리며

산등성이 나뭇잎이
울긋불긋 단장하고
조상님께 나풀나풀
감사하다고 야단났네
어찌할꼬!
태풍이 찾아올까 봐
태산만큼 걱정이네

꿈 찾아 칠십 년

말 없는 삶의 자취
흘러간 세월이네
꿈 많은 지난 시절
그리움 현실 속에
눈물이
솟구쳐 와도
내일 찾아 꿈꾸네

지나간 발자취가
흘러간 추억이네
꿈 찾아 칠십 년을
기다린 허송세월
언제나
이루어질까
오늘 밤도 널 찾네

추억은 아스라이

아버지는 앞을 잘 못 봐
방에만 계시고
가끔 볏짚으로 더듬더듬
새끼를 꼬며
덕석을 만들기도 하시네

어머니는 할머니처럼 허리 굽혀 쭈그리고
밭으로 논으로 산으로 다니시며 일을 하시고

어머니는 밤마다 물레를
빙글빙글 돌려 실을 뽑고
나는 누른 번질번질
알이 툭 터지는 번데기를 먹고

베틀 위에 앉아 오르랑내리랑
춤추며 달그랑달그랑
자장가 소리에 잠든다

* 내 아주 어린 시절이었던 것 같다.
  난 바라만 보고 아무것도 할 수 없었다.

부푼 가슴

여행은 어느 때나
마음이 긴장되네
한 번쯤 안 가본 곳
보고픈 생각일까
설레고
부푼 내 가슴
멈출 수가 없다네

여행은 낯선 곳에
미지의 꿈을 안고
가끔씩 가고 싶은
새로운 소망이네
꿈같이
설렌 그 심정
꿈을 안고 떠나네

제3부

그대는 내 사랑

슬픔과 기쁨

슬픔이 찾아오고
기쁨이 가버리면
그리움 애달프고
사는 게 애처롭다
쓸쓸히
기다리는 너
보고 싶어 그립다

슬픔이 떠나가고
기쁨이 찾아오면
그리움 가버리고
사랑이 머무르네
날 찾는
그대 덕분에
내 마음도 행복해

가고픈 여행

초등학교 졸업반이다
수학여행을 백양사로 간단다
돈이 없단다
안 주는 게 아니라 못 주는 거란다
진짜 돈이 없다
돈 버는 사람이 없다

수학여행은 포기해야만 한다
부모님 앞에서 의연한 척, 괜찮아요
그까짓 것 안 가면 어때요
하필이면 차량이 우리 집 앞을
시끌벅적 떠들며 지나간다

눈물범벅이 되어 흐른다
부모님 볼까 꼭꼭 숨는다
알면 속상해하실까 봐
울고 나니 답답한 가슴은 가라앉는다

그때만 생각하면

지금도 쓰라린 가슴 애달프다

중학교 3학년 때도 여전하다
경주 불국사로 수학여행을 간단다
역시 못 갔다
항상 가슴에 지워지지 않는다
생각만 하면 나도 모르게
수학여행을 가고 싶어 아쉬워했던 모습마저
그리움이 되어 눈물로 변한다

으스스해 무서워

내일은 외할머니
제삿날
어머니 따라서
큰길 신작로 따라
한참을 가다 보면 오솔길
길옆에 묘지가 참 많다
무서워 으스스해
낮에도 혼자 가기를 꺼린다

할머니 제사를 모시는
새벽 한 시
외가에서 잠자기를 거부했다
혼자 집을 향해
그 무서운 곳을 가고 있다

가슴이 뛴다
눈에서는 눈망울이 번쩍거린다
소리가 나면 멈춰
그곳을 주시한다

기다린다
천천히 걸으며
뒤돌아보지 않는다

휴! 무사히 집에 도착했다
아버지가 주무시나
가만히 만져본다

갓난아이처럼
옆자리에 잠이 든다

아버님 생각

아버님을 생각하면
항상 눈물이 앞을 가린다
아버님 나이 62세
내 나이 12살 때다

지금 같으면
한참 젊은 나이다
백내장으로 시력을 잃어 가시어
늘 집에만 계시던 아버지
가끔은 친구분들이 오셨다

이런 날이면 막걸리에
기운이 넘쳐나셨나 보다
아나운서처럼 구성지게
말씀 잘하시던 아버지

아버지 목욕시켜 드릴 때에
아무도 모르게 숨어서 속울음 삼킨다
눈물방울 아롱진다

앞 못 보는 설움도 안타까운데
때론 뭇사람들에게
조롱과 놀림을 당하곤 하셨다
얼마나 가슴이 아팠을까

쟁반 위에

호숫물 쟁반 위에
줄무늬 만드는데
하늘이 주름잡고
바람이 스쳐 가네
새들이
날갯짓하며
보슬비에 젖는다

파란 물 호숫가에
물오리 둥실둥실
보슬비 소곤소곤
사랑을 속삭이네
떠나간
내 사랑 그대
보고 싶어 그립다

살구나무의 추억

우리집 살구는 맛이 있다
엄청나게 큰 나무가 늘 풍성하다
따먹기가 어렵다
대문이 없는 울타리 이곳저곳
떨어진 살구는 누구나 주워간다
하루는 외출하고 집에 오니
앞 못 보시는 아버님께서
몹시 화가 나셨다

알고 보니 옆집 아이들이
살구나무에 돌을 던졌단다
아버지의 꾸지람에 도리어
대드는 아이들이 방문에다
돌을 던졌단다
그 말을 듣는 순간 숨이 멈춰 버렸다
당혹함으로 얼굴이 핏빛으로 변화여
밖을 뛰쳐나가 돌 던진 아이들을 찾는다
그 사건 이후 살구나무는 싹둑
베어지고 말았다.

기쁨을 나누는 삶

시인은
아름다움을 찾아
독자를 생각하고
기쁨을 나눈다네

행복을 선물하는
사명으로
공손하고
비방하지 말며 존경으로 사는 삶
마음에서 모든 것을
용서와 이해로 감싸고
사랑으로 보듬는다

천성에서 우러나오는 소리
덧칠하지 말라

있는 그대로
아름다운 감정을 표현하라

행복을 꿈꾸는 시
누구나 감명받고
행복한 모습을 상상하라

아름다운 글을 빚어
화음을 내어보라

그리하면 세상에서 가장 멋진 시가 되리니

초가집 사랑

시골 울타리만 있는 초가집
문 없는 마당 한쪽 살구나무
수호신인 양 우뚝 서 있다
봄이면 누런 살구가 탐스럽게 익는다

비가 오면 살구가 우두둑우두둑
주워가는 사람이 임자다

우리 집 샘물은 수정처럼 맑다
옆집에서 물을 길어서 가는데
그 길목엔 늘 많은 살구가 떨어져 있다
봄이면 개구쟁이처럼 살구를 줍고
가을이면 단감을 딴다

해마다 단감나무 두 그루
나뭇가지 찢어질 정도로
주렁주렁 많이 열려 행복했다
그 시절 부모님께서는
누구나 그냥 따 먹는 것은 허락하셨다
추억이 넝쿨 장미처럼 둥글둥글 피어난다

그대는 내 사랑

꽃들이 향기로운
오솔길 걸어가면
불타는 내 가슴은
바람에 끄덕없네
오늘도
내 사랑 그대
진심으로 흐뭇해

꽃밭에 나비처럼
예쁘고 귀여워라
설레는 나의 마음
흔들지 못할 거야
그대만
바라봅니다
뿌듯해요 내 사랑

상식이 통하는 세상

그림처럼 평화롭고
상식대로 이루어지는 세상
그런 삶을 살련다
속담처럼
귀에 걸면 귀걸이
코에 걸면 코걸이
상식이 통하지 않는 것이 현실이다

허풍에 끌려 바람 부는 대로
흘러가는 세상은 싫다

상식은 기준점이 있어야만
그대로 이루어지는 세상
어느 때고 흙탕물이 밀려와도
상식이 밀리지 않아야 한다
튼튼한 기둥이 되어
바위에 뿌리를 내린다

누구나 공평하고 행복한

삶을 살 수 있기를 바란다

마음 놓고 정의롭게 행동하며
서로 도우며 살고 싶다

그게 바로 상식이다
상식이 통하는 행복한 세상을 꿈꾼다

젊음

세월이 철이 들면
그리워 슬퍼지고
계곡이 깊어지면
내 갈 길 바빠지네
이제는
천천히 쉬며
가는 길을 살피리

나이를 먹을수록
젊음이 안타깝고
나이가 어릴수록
철들기 기다린다
젊음은
너를 위하여
기다리지 않는다

순간의 실수

어쩌다 잘못 가다
헤맬 때 가슴 철렁
내 가슴 솜방망이
두들겨 토닥토닥
당황한
그 순간들이
잿빛으로 변하네

흐르는 인생살이
괴로움 닥쳐오면
무너진 삶의 터전
내 가슴 불타버려
순간의
잘못한 실수
애달프다 한평생

내 슬픔처럼

비 내린 산골짜기
개구리 개골개골
그리움 눈물 변해
보고파 한숨 소리
냇물이
슬픈 듯 졸졸
흘러가며 말 없네

가버린 추억 속에
모습이 아롱지다
춤추는 파도처럼
내 가슴 울렁인다
앙가슴
내 슬픔처럼
그리움이 찾는다

가슴이 철렁

가슴이 철렁 내려앉는다
친구와 술 한 잔
부득이 빨리 간다고
출발했던 친구가
음주 단속됐다고
전화가 온다

따르릉
아!
가슴이 뛴다

빨리빨리 서둘러서
술 먹지 않은 친구가
운전하고 급하게 달려간다
다행히 물 한 잔 먹고
'푸우'하고 불어보니
단속 대상 이하
0.02%란다
살았다
휴

밤하늘의 잔치

남포면
어두운 밤하늘
그림처럼
아주 작은
누이 닮은 초승달
별들을 데리고
오누이처럼
사이좋게 떴다
온통 밤하늘은
별들의 잔치
하늘을 수놓은
달과 별
꽃보다 예쁘다
앙증맞은
초승달이
밤하늘 장식하며
형형하다
그 모습
가슴 속에 담는다

멍울진 상처

머나먼 골짜기에
아련히 물결치네
어여쁜 색시처럼
모습이 설레었지
가까이
들여다보니
세상살이 똑같다

스치는 바람결에
물결이 황홀했지
꽃씨를 심고 보니
덜 여문 씨앗이네
가슴에
멍울진 상처
윤슬처럼 아리다

행복 찾기

불현듯 스쳐오는
환상에 사로잡혀
쫓기듯 먼 길 돌아
산허리 휘감을 때
안개 낀
애달픈 마음
내 가슴에 잠긴다

백합꽃 곱게 피는
고요와 맑은 마음
희망을 속삭이며
사랑을 기다리네
꿈꾸며
그리움 찾아
나의 갈 길 가련다

밝은 세상

사월의 꽃샘추위
별처럼 사라지고
오월에 장미꽃이
해처럼 솟아나네
청계산
아침 등산로
내 마음이 기쁘다

꽃들은 앞다투어
연달아 피고 지고
서로가 예쁘다고
내 자랑 앞장서네
자연의
새 생명력이
밝은 세상 만든다

용서와 사랑의 박물관

가슴이 따뜻 하고
사랑이 넘쳐 나네
미소가 매력 있고
꽃처럼 향기롭네
누구나 감싸 주는 분
사랑으로 꽃 피네

천성이 부드럽고
꽃처럼 세련되다
나눔을 실전하는
그분은 검소하네
우리도 그 분을 따라
사랑으로 살리라

용서와 사랑 속에
해맑은 미소 짓네
별처럼 빛이 나고
해처럼 밝아지네
오늘도 그분의 모습
가슴에서 움트네

남한산 그리움

남한산 골짜기에
여름이 찾아드니
개울물 시원하게
그리움 찾아들고
너와의
추억 그리며
하염없이 젖는다

석송은 하염없이
먼 산만 바라보고
그 시절 회상하며
상념에 젖어드네
마음에
그리움 안고
늘 이곳을 찾는다

제4부

추억을 동동 마시며

청산은 칭얼대네

서산은 노을 속에
빨갛게 물들었다
오늘도 이별인가
청산은 칭얼대네
너 없이
기나긴 밤을
어찌하여 지샐까

노을 진 저녁 하늘
꽃처럼 피어있네
그림자 아스라이
그리움 찾아드네
보고픈
나만의 사랑
잔잔하게 솟는다

꽃은 태어나면

꽃은 태어나면
모두 다 꽃이라고 부른다

인간이 태어났다고
모두 다 인간이라고 하겠는가

꽃이 피면
모두 예쁘다고 한다

나보다 지식이 많다고
모두 다 스승이라고 부르겠는가

나보다 모를지라도
나의 스승이 될 수 있는 것이다

이 삶이 찬란하여

꽃이 피고 싶어 필까요
꽃이니까 꽃답게 피는 거지요
사람 오고 싶다고 오는 건
아니겠지요

세상 빛 찬란하게
꽃처럼 피어
인생의 여정
외로움에 젖으면
꽃과 나비의 몸짓
산새들 노래 기억하세요

우리에게는 사랑이 있고
그리움이 있어요
마음이 바다라면
웃음꽃 피어나고
마음이 평화로우면
이 생이
찬란하게 빛나지요.

담소에서

이웃님 정을 먹고
사랑은 재잘재잘
입술에 꽃이 피고
얼굴에 미소 가득
머무는
사랑 이야기
아름답고 좋아라

해초의 콩국수는
가슴에 사랑 솟네
커피 향 나비 되어
하늘을 날고 싶네
담소는
정 스미는 곳
서로 만나 좋아라

* 담소: 음식점 이름

휴대폰 놀이

아침에 눈을 뜨면
그립고 예쁜 마음
휴대폰 제일 먼저
카톡을 열어본다
꿈꾸며
기다리는 시
기쁨으로 넘치네

잠잘 때 폰을 들고
노니는 현대인들
그러한 게임 놀이
그 시간 행복할까
똑같이
살아가는 삶
세상 탓만 하리오

잘 참았네

수평선 해변 따라
그리움 밀려오면
추억은 아스라이
슬픔은 찾아오고
지나간
추억의 고향
파노라마 펼친다

힘들게 악착같이
살아온 타향살이
반백 년 앞만 보고
견디며 잘 참았네
이제는
기억 저편에
마른 가슴 서럽다

마음이 흐뭇

무더운 여름철에
김매고 피땀 흘려
홀가분 기분일랑
마음이 꿀맛 같아
보리밥
냉수 한 그릇
고추 찍어 먹는 맛

마음이 흐뭇하고
건강을 지키는 길
보리쌀 유기 농작
알뜰히 농사지어
오곡밥
서로 서로가
흐뭇하게 먹어요

그리운 초가집

병풍처럼 펼쳐져 있는
그 이름 병풍산
서북에는 불태산
그 아래 한재골
맑은 물 노니는 가재
피라미 야무지게 도망 다니며
개울물이 졸졸 흐른다

개구리 개굴개굴
날 잡아 보라며
소금쟁이 후드득 도망간다

눈앞에 무등산이 아득하고
철 따라 변하는
내 고향 작은 초가집
그리움 꿈결처럼
내 가슴 쓸어내린다

고향 떠나 그리움 등지고

개미처럼 살아온 반세기

그리움에 지친 삶
슬픔 찾아들고
메말라버린 가슴
어제도 오늘도
매미처럼 슬피 울고 있다

정겨웠던 고향

수평선 따라 해변에
하얀 포말은 그리움이 되어 밀려오고

추억의 고향 곡식 거두는 소리인 양
기억 저편 파노라마가 펼쳐진다

고향 떠나 타향살이
악착같이 살아온 반백 년

힘겨움에 지치고
슬픔이 찾아든다

이제는 마른 가슴
기억의 저편 추억을 그리며

갓난아이처럼
슬피 울고 싶다

고향 찾아

파도는 거품 물고
철썩철썩 그네처럼

온갖 풍파 세월 속에
하얗게 탄 내 청춘

파도는 그리움의 소릿결
꺼억꺼억 슬피 우네

고향 찾아 헤매다가
구성지게 이별을 노래한다

마음의 시

천사 같은
아이들처럼
공감으로 가슴 뛰고
해바라기인 양 웃음 짓는
그 맛 찰떡같이 고소하다

운율이 막힘없이
흐르고 흘러가듯
한 송이 백합처럼
우뚝 솟아 피어난다

천사처럼 변화하며
삶의 희망 꿈을 심어
세상의 꽃으로 산다
꽃이 미소 살며시 물고
깨소금인 듯 춤을 춘다.

슬픈 척, 기쁜 척
슬픔이 없는 슬픔

기쁨이 없는 기쁨
노래하지 말라 한다

삶은 둥글고
가슴속 깊은 곳
쓸쓸한 고통 속에
슬픔이 보석처럼 묻어 있다

삶의 고통 속에서
슬며시 고개 들어
쓰라린 상처를 남긴다

내 마음 물안개 되어
울려주고 달래주는
천사의 언어 같은
마음의 시여!

내 마음은 부자

아침 햇살 창가에 앉아
김이 모락모락 밥맛 좋다

눈치 보고 코치 볼 때
진수성찬 쓴맛이었네

꿀맛 같은 내 마음
밥 한 그릇 찌개 하나

내 마음이 부자인 양
가슴 뿌듯하네

물안개

구름인 듯 나풀나풀
법수치리 숲 사이

오도 가도 못 하고
꼼짝달싹 못 하고

하늘만 쳐다보며
춤을 추는 물안개

실바람 산들바람
산 너머에 임 찾아보련다

이산 저산 손짓하며
임 그리워 이슬방울 여울진다

콜라처럼

커다란 몽돌 위에
앉았던 두 여인을
물가에 황새인 듯
꿈같은 세월인 양
나도야
가고 싶어라
거품 물결 따라서

우거진 숲길 따라
비 온 뒤 콜라처럼
구수한 달달 향기
물거품 백합처럼
예쁘네
물줄기 따라
황새처럼 날고파

법수치리 물안개

숲 사이 구름인 듯
안개가 나풀나풀
오가지 못하지만
춤추는 법수치리
하늘만
바라보면서
춤을 추는 물안개

안개가 이 산 저 산
흩어져 넘실대니
높은 산 법수치리
춤추는 계곡 물결
산골짝
꽃처럼 솟아
안개 안고 달리네

나누는 삶

시를 쓴다는 것은
아픈 마음을 삭히면서
감정을 조절하여
스스로 다듬어 나누는 것이다

슬픔, 미움, 괴로움, 노여움을 녹여내어
사랑으로 승화시키는 것이다

시를 쓴다는 것은 사랑이다
서로 부딪히고 교류하며 감성을
나누어 갖는 것이다
시를 쓴다는 것은
위로의 손길이며
따스한 포옹이고
행복한 삶을 영위하는 것이다

시 작사가

시 짓는 작사가라고
부르고 싶다

건축이란
설계와 시공을 나누고
외장과 내장을
나누어 공사하듯이

노래는
작사와 작곡이 존재하듯

시어를 창조하는 사람
시 작사가라고 부르고 싶다

규칙적인 시 운율을 만드는 사람을
시율사라 하며
모두를 시인이라고 부르고 싶다

추억을 동동 마시며

하조대 등대 카페
대추차 추억 찻잔
바다가 석양빛에
파도는 거품 물고
갈매기
춤을 추듯이
행복하게 즐기네

하조대 등대 카페
그대로 옛날 가옥
향수에 추억담은
포근한 둥실 가옥
대추차
둘러앉아서
추억 동동 마시네

헐레벌떡 거품 물고

계곡물 법수치리
하늘만 보이는 곳
골짜기 거품 물고
물줄기 헐레벌떡
내달려
큰소리치며
좇아가는 계곡물

계곡물 헐레벌떡
물결은 숨이 차네
빼도 박도 못하고
물줄기 도망가네
어쩌랴
잡히지 않고
도망가는 저 세월

계란 동동

동해의 등대 카페
달걀노른자처럼 생긴
동그란 가옥

둘러앉아 마시는
달걀 동동 쌍화차

달걀처럼 고운 찻잔
배인 양 떠다니는 노른자

밀려드는 하얀 포말
수평선 저 멀리
파도는 춤을 춘다

제5부

우정 짙은 귀갓길

휴휴암의 자비

휴휴암 부처님의
뜻깊은 애정 속에
동해를 끌어안고
부처님 방생하네
큰사랑
자비를 심어
황어 떼는 노니네

휴휴암 바다에서
노니는 물고기는
부처님 자비 속에
행복을 살찌우네
바닷가
복두꺼비는
사랑으로 복 받네

방생의 휴휴암

휴휴암!
부처님의 자비

뜻깊은 사랑과 정성
동해를 흠뻑 적시고

애정어린 마음으로
어루만지는 손길

겸허로 기원하며
지켜주는 생명

물 반 고기 반
맘껏 누리는 자유

바닷가에 복 짓는
두꺼비 내 가슴 삼키네

몽돌 위에 앉아

비 온 뒤 맑은 공기
흐르는 물가
커다란 몽돌 위에 앉아
있는 두 여인
물가를 거닐던 황새처럼
평화롭다

시냇물은
앞서거니 뒤서거니
헐레벌떡
흐르는 물줄기 따라

물도 흘러가고
나도 흘러
정처 없이 어딘가
물 따라 가고파라

고요 담은 시골 마을

호수 닮은 하늘 아래
고요 담은 시골 마을

신작로 저편에는
버드나무 그늘 아래

야무지게 소리치며
흘러가는 시냇물

소금쟁이 물장구
바위틈에 돌가재

술래잡기하는 양
물길 속에 노닌다.

물빛 공원

그리움이 꽃비 되어
물빛 공원 찾아들고

이리저리 뒹구는 봄
촉촉이 젖었구나

이팝나무 아름드리
덩달아 춤을 추듯 꽃 피운다

오리 한 쌍 비를 피해
나무 아래 숨어들고

마음 바쁜 장미 홀로
철모르게 피었구나

저 장미 나를 닮아
외로움이 스며든다

광명동굴

태양빛 야무지게
쏟아지는 초여름
싱그러운 내음
바람 타고 담소하며
또랑또랑 걸어가네

오물조물 구불구불
두더지 굴처럼
동굴 펼쳐지네

아쿠아의 물고기
초롱초롱 눈동자
가슴에 찾아들고

100년 전 역사의 증인
살아 숨 쉬듯
노다지를 꿈꾸었던
삶에 지친 광부들 옛 모습

피난 길 산고 겪는 여인
갓난아이 울음소리
귓가에 들리는 듯
가슴속 멍울지고

울부짖는 긴 한숨
가물가물 너울지네

울릉도 콧바람

흔들리는 요람
그네 타는 아이처럼
감미로운 잠결

뱃전의 바람은
뿔 달린 짐승처럼
심술이 요란스럽다

태양의 붉은 빛 고개 드니
바람도 기가 질려 숨죽이고
물끄러미 바라보네

크루즈는 용하게
부둣가에 내리고
시원한 울릉도
남실바람이 코끝에 스미네

기다려라, 울릉도

비는 올듯 말듯
바람을 헤치고 미끄러지듯
도착한 포항역
기찻길은 즐겁다

복작복작 택시 안
제비 새끼처럼 수다스럽다

포항 어시장 휘리릭 돌며
갖가지 먹거리에 매료되어
만찬에 우정을 녹인다

영일만 선착장
칠흑 같은 바다 위
호텔 품은 웅장한 배
하얀 새가 되어 둥둥 떠 있다

우정 짙은 귀갓길

포항의 밤
우정으로 만리장성
추억을 쌓아 가네

어버이 섬 독도
늠름한 모습
구름 같은 그리움
가슴에 품고
왁자지껄 대화 한 마당

어느덧 서울역
아쉬움은 미련 되어
긴 꼬리를 단다

우리는 왜?
맨날 헤어져야 하는가?
친구들아!

헤어진 뒤 만남이 오리니
잘 가거라
우리 또 만나자

나도 소주 한잔

기다림을 기다릴 수 있는 시간들
그리움이 있고 사랑이 있다

우리들의 희망이 아직도
존재한다는 증거이다

나는 너를 너는 나를
언제까지 기다리며 살까

기다리는 그리움
하루살이처럼 짧은 삶
바람 앞에 등잔불인 듯
간들간들
늦가을 찬바람의 낙엽처럼
으스스하네

그 누구처럼 비 오는 날
나도 그대와 함께
소주 한잔 쭉 마시고 싶다

나팔 소리

내가 머무는 세상 속
한 송이 꽃이 빌딩 숲에
깃발처럼 피었다

여주 이포대교 옆
고즈넉한 골짜기
풍요롭고 한가로운 곳
여향헌(餘香軒)
문 없고 문패도 없다

고운 나팔꽃이
수선스럽게 피었다
나팔 소리 듣고 싶어
구름처럼 몰려왔나
기쁨과 슬픔이 교차한다

막걸리 꿀꺽꿀꺽 시원하다
소주 한잔 쭉 빠니
술이 술술 넘는 소리

맑은 고운 물소리 청아하다

시 낭송 소리가
귓가에서 노닐고
가슴에 담은 시어
담소에 정겹고
사람 사는 냄새
구성지게 진동한다

* 정현우 낭송가 시인 출판기념일

빛바랜 추억

빛바랜 사진첩 얼핏 던져버린
소설책인 듯 가엾게 잊혀지고

손길 기다리다 잠들었나
꿈결에 불현듯 찾아든다

그날의 추억
기억의 너머에 행복한 미소
은빛 물결 되어 출렁거린다

내 나이 어디로 갔는지
꼬마처럼 순간 아이가 되어
천진함으로 춤을 춘다

주마등 같은 나의 삶이
파노라마처럼 지나간다

통영 케이블카

물레방아 쳇바퀴 돌듯
미륵산 돌고 도는 케이블카

다람쥐처럼 뛰어올라
통영 하늘을 가르는구나

먼 산 너머엔 대마도가
발아래엔 하늘 담은 한려수도
푸른 바다
몽글몽글 피어오른
구름 사이

충신 이순신 늠름한 모습
아련히 떠오른다

오늘의 충신은 어디에 있는가
아무리 찾아도 없으니 그저 서글프다

동피랑 마을

깨 볶듯 삶으로 허덕이며
메말라 고단했던 시절

옛 시절 세월 흐르니
그리움 찾아들고

언덕길 삶의 등불
태양처럼 밝은 희망 보이네

꽃처럼 활짝 핀
동피랑 마을 골목길

추억의 발자취 더듬어
가슴에 새기니
괜스레 마음 아프다

하늘도 보인다

물레방아 쳇바퀴
돌고 있는 케이블카
다람쥐처럼 타고 도니

먼바다 사이로
대마도도 보이고
하늘도 보인다

어버이 섬 독도

초저녁의 별처럼 외로운 섬
파도치는 흰빛 물결 위
아스라이 떠 있는 영혼의 독도

사랑과 희망을 주며
그리움을 주는 어버이 섬
영원토록 길이길이
꿋꿋하게 지켜 주리라

휘몰아치는 폭풍우
모질게 견디며
이 나라 조국을 지켜주는
어버이 섬 독도

영원히 지킴이
삼천리 방방곡곡
빛을 밝혀 비추리라

봉래폭포 서울 집 빈대떡

따뜻한 햇볕이 떨어지며
그리움과 사랑을 놓고 간다

벗들과 시끌벅적 떠들며
따뜻한 우정 되새긴다

거북이처럼 걷는 우리는
철없는 이들이다

티 없는 미소가 머물고
찰칵! 추억을 저장하기 바쁘다

산장 선술집 빈대떡에
씨눈 껍데기 막걸리
제철을 만난 듯
슬슬 넘어간다

가지 마, 세월아

봄은 찾아왔건만
추위가 가기 싫은가 보다
차가운 바람도 가기 싫어
냅다 소리친다

따뜻한 햇볕이 추위야 안녕
또 겨울에 보자꾸나
세월은 꽃바람인 양
정처 없다

세월은
계절 따라 흘러가고
불꽃같이 찾아들며
호령하면 화살처럼 도망한다

가을이
'안녕하세요' 끼어든다

추위야 가기 싫으면 가지 마

허무하게 떠나지 마라
붙들어 맨
망아지처럼 멈춰다오
세월 가지 못하도록
꼭 붙잡아
쇠말뚝에 묶어 두련다

항아리

간장이 썩었다고
항아리를
깰 수 있니

내 마음은
비어있는 항아리처럼

잠자고 있는
그리움, 사랑, 미련, 욕심. 미움
모두 비워 버렸네

삼척 해양 레일 바이크

해송은 우뚝 서서 차렷 자세로
환영하는 듯 거수경례하고
파란 바다는 출렁거리며
날 보라 손짓하네

무지개처럼 나란히
선로 위를 힘차게 달린다
해당화 피고 지는 해변가 햇볕을
가슴에 품고 바람을 뚫고 달린다

무지개처럼 석굴을 통과하니
은하수가 흐르고
별들이 반짝인다
힘차게 달려라
드디어 별이 반짝이는
졸업식이 가까워진다

제6부

행복의 길

널 넘 좋아해

조인형착사 김호진 작곡
2022년11월18일

널 넘 좋아해

작사 조인형
작곡 김호진

(널 넘 너무너무 좋아해 널 넘 너무너무 좋아해)
멋진 남자 사랑에 빠졌어 (멋진 남자)
널 넘 좋아해(좋아해) 널 넘 사랑해(사랑해)
나는 사랑에 빠졌어(빠졌어)
너 없이는 김빠진 풍선처럼
내 가슴은 쭈그러들 거야(안 돼 안 돼)
어제도 오늘도 너 없이는 안 돼

(널 넘 너무너무 좋아해 널 넘 너무너무 좋아해)
멋진 남자 사랑에 빠졌어 (멋진 남자)
너도 날 좋아해(좋아해) 너도 날 사랑해(사랑해)
나는 사랑에 빠졌어(빠졌어)
너 없이는 앙꼬없는 찐빵처럼
내 가슴은 쭈그러들 거야(안 돼 안 돼)
내일도 모레도 너 없이는 안 돼

멋진 남자 사랑에 빠졌어(빠져빠져)
널 넘 좋아해(좋아해) 널 넘 사랑해(사랑해)
멋진 남자 사랑에 빠졌어(빠졌어)
널 넘 너무너무 좋아해 널 넘 너무너무 좋아해
멋진 남자 사랑에 빠졌어(멋진 남자)
예쁜 여자 널 넘 좋아해

노을진 궁평항

조앙형작사 김효진 작곡
2022년11월25일

Maestoso ♩ = 134

궁 평 항 산 들 바 람

갯 내 음 코 끝에 매 달 릴 때

노 을 진 방 파 제

감 미 로운 바 닷 바 람

낚 싯 대 드 리 우고 기 다 려 도 기 다 려 봐 도

걸 리 지 않 는 애 속 한 낚 싯 대

150_ 마음에 피는 꽃

노을진 궁평항

작사 조인형
작곡 김호진

궁평항 산들바람
갯내음 코 끝에 매달릴 때
노을진 방파제
감미로운 바닷바람
낚싯대 드리우고 기다려도 기다려봐도
걸리지 않는 야속한 낚싯대

내 가슴은 바람 빠진 타이어처럼
오도 가도 못하네
내 가슴은 바람 빠진 타이어처럼
오도 가도 못하네
노을진 궁평항

더하기 사랑

154_ 마음에 피는 꽃

더하기 사랑

작사 조인형
작곡 김호진

1절
(아 사랑도 더하고 행복도 더하고
그리움은 두 배로 더하네)
서산에 지는 해 너의 볼처럼
물들어졌네
물들어진 해님 웃는 모습이
너처럼 닮았네

2절
(아 사랑도 더하고 행복도 더하고
그리움은 두 배로 더하네)
오늘도 네 모습 가물거려
눈가에 이슬이 얼룩지네
차디찬 내 입가에 미소가 사라지며
가슴 앓이 하네

사랑도 더하고 행복도 더하고
그리움은 두 배로 더하네
사랑도 더하고 행복도 더하고
그리움은 두 배로 더하네
우리 사랑 더하기 사랑
더하기 사랑

멋진 삶

멋진 삶

작사 조인형
작곡 김호진

1절
봐요 봐요
봐요 봐요
난난난 너를 찾고 넌넌넌 나를 찾아
귓가에 소곤소곤 아름다운 날 멋지게 살아봐요
순순순 순이야 내 말 좀 들어봐요

2절
봐요 봐요
봐요 봐요
난난난 너를 찾고 넌넌넌 나를 찾아
귓가에 소곤소곤 아름다운 날 멋지게 살아봐요
돌돌돌 돌이야 내 말 좀 들어봐요

1절

나랑 너랑, 너랑 나랑 우리 멋지게 살아봐요

난 널 보고 싶고 너도 날 보고 싶어

난 널 사랑한다고 너도 날 사랑한다고

순순순 순이야 내 사랑 순이야

간들간들 춤추며 멋지게 살아봐요

난난난 너를 찾고 넌넌넌 나를 찾아

간들간들 춤추며 멋지게 살아봐요

우리 멋지게 살아봐요 봐요

2절

나랑 너랑 너랑 나랑 우리 멋지게 살아봐요

난 널 보고 싶고 너도 날 보고 싶어

난 널 사랑한다고 너도 날 사랑한다고

돌돌돌 돌이야 내 사랑 돌이야

간들간들 춤추며 멋지게 살아봐요

난난난 너를 찾고 넌넌넌 나를 찾아

간들간들 춤추며 멋지게 살아봐요

우리 멋지게 살아봐요 봐요

했잖아 했잖아

조인형작사 김호진 작곡
2022년11월7일

했잖아 했잖아

작사 조인형
작곡 김호진

1절
했잖아 말했잖아 아침에도 말했잖아
사랑해 사랑해 당신만을 사랑한다고
삐졌어 삐지지 마 점심 때도 말했잖아
사랑해 사랑해 당신만을 사랑한다고

2절
싫잖아 싫잖아 뽀뽀하고 싶잖아
그렇게 예쁘게 바라보고 있으면
싶잖아 싶잖아 보고 싶잖아
그렇게 나만을 바라보고 있으면

아침에도 점심때도 저녁에도 말했잖아
당신만을 너무너무 사랑한다고
내일도 사랑(내일도 사랑)
모레도 사랑(모레도 사랑)
매일 매일 사랑한다고 말할 거야(말할 거야)
내일도 사랑(내일도 사랑)
모레도 사랑(모레도 사랑)
매일 매일 사랑한다고 말할 거야(말할 거야)
했잖아 했잖아 말했잖아 했잖아

행복의 길

조민행작사 김효진 작곡
2022년 11월 26일

Maestoso. =86

166_ 마음에 피는 꽃

행복의 길

작사 조인형
작곡 김호진

너와 나의 사랑은 대가 없는 사랑 하세요
사랑을 받고 싶어 주는 사랑은 사랑이 아니야
너도 날 나도 널 원하지 마세요
주고 받는 사랑 하지 말아요 주기만 하세요
기왕에 사랑하려면 기대하지 마세요
사랑은 주어도 끝이 없는 사랑
사랑은 주는 것이고 받는 것은 기쁨이지
받는 것 사랑이 아니야
너도 나도 사랑은 주기만 하세요
기쁨이 넘쳐흐르도록 주기만 하세요
행복의 길 주기만 하세요

이성적 인식을 통해 발견한 사랑과 행복의 미학

- 조인형 시집 『마음에 피는 꽃』

최 봉 희(시조시인, 평론가, 글벗 편집주간)

아름다운 경치로는 좋은 시가 탄생하지 않는다. 사람의 냄새가 배어 있지 않기 때문이다. 그런 의미에서 사람이야 말로 가장 뛰어난 아름다움이다. 그래서 사람의 모습이 담긴 절경은 시가 될 수 있다. 시, 혹은 시조를 쓴다는 것은 그 대상이 무엇이든 결국 사람 냄새나는 일이다.

조인형의 시와 시조에는 사람 냄새가 난다. 조인형의 세 번째 시집 『마음에 피는 꽃』을 일독했다.

시집 『73세의 여드름』과 『영혼의 소릿결』에서 빚어낸 그의 열정은 아름다운 시의 정원을 만들었다.

> 젊음아 너희는 좋겠다
> 꿈이 있어서
> 꿈도 희망도 보이지 않은
> 삶을 살아왔던
> 늙음은 아쉬워 뒤돌아본단다
>
> 나의 젊음은 공장도 없었고

일할 곳이 없어서
허구한 날 놀았다

정부 하천 보수공사
하루에 10시간씩 일주일의 대가
밀가루 25kg 1포대 받았다

그것마저 아무나 못 해
마을 사람들끼리 순서를 정했다

힘들고 고단한 삶을 살아온 늙음을
젊음이 이해하지 못할 것이다
- 시「젊음아」전문

그의 시와 시조에 등장한 어휘 중에서 그의 삶이 드러난 시어가 '젊음'과 '청춘'이다. 어느덧 73세를 넘어선 삶 속에서 그는 아직도 젊음의 추억을 회상하면서 늙음 속에서 청춘을 꿈꾸고 새로운 삶을 소망한다.

세월이 흘러가니
외로움 많아지네
무릎이 아파오며
동작은 느려지고
가고픈
여행도 싫어
핸드폰만 만지네

지나간 세월 속에
그리움 잠겨있고
마음은 청춘인데
행동은 거북이네
핸드폰
쳐다보다가
넘어져서 다칠라
– 시조 「핸드폰」 전문

  그 청춘의 삶에는 엄연히 경험과 진실이 존재한다. 시에
있어 경험과 진실은 매우 중요하다. 경험은 내용과 형식으
로 이동한다. 그러나 경험이 시를 지배할 때 시는 일상의
모습을 띤다. 그런데 일상이 시간과 공간을 거느리며 의식
을 지배한다면 그것은 실재, 진실, 감동 등과 어울려 오래
된 시적 미학을 구성한다.

파도는 거품 물고
철썩철썩 그네처럼

온갖 풍파 세월 속에
하얗게 탄 내 청춘

파도는 그리움의 소릿결
꺼억꺼억 슬피 우네

고향 찾아 헤매다가

구성지게 이별을 노래한다
– 시 「고향 찾아」 전문

  시에서 시인은 청춘을 살아가면서 바다가 있는 자신의
삶의 고향을 찾아서 이별을 노래한다. 시인은 나이가 들면
서 철이 들었다. 자신의 길을 천천히 걸으면서 성찰의 시
를 쓰고 있다. 젊음은 시인을 기다리지 않기에 안타까운
마음으로 매일같이 시를 쓰고 노래한다. 바쁜 삶이고 건강
을 잃어가는 삶 속에서 경험의 진실을 시와 시조를 통해
서 토해내는 것이다.

    세월이 철이 들면
    그리워 슬퍼지고
    계곡이 깊어지면
    내 갈 길 바빠지네
    이제는
    천천히 쉬며
    가는 길을 살피리

    나이를 먹을수록
    젊음이 안타깝고
    나이가 어릴수록
    철들기 기다린다
    젊음은
    너를 위하여
    기다리지 않는다
    – 시조 「젊음」 전문

그의 시와 시조 작품은 어느덧 500여 편에 달할 정도로 창작에 전념했고, 세 권의 시집을 출간했다. 더불어 시조 쓰기를 통해서 시조집도 준비하고 있다. 그의 시와 시조에는 경험과 성찰의 두 갈래에서 자유자재를 꿈꾼다. 시조를 만나서 동심의 세계로 들어가기도 하고 젊음을 추억하면서 새로운 삶을 꿈꾼다.

시인은
아름다움을 찾아
독자를 생각하고
기쁨을 나눈다네

행복을 선물하는
사명으로
공손하고
비방하지 말며 존경으로 사는 삶
마음에서 모든 것을
용서와 이해로 감싸고
사랑으로 보듬는다

천성에서 우러나오는 소리
덧칠하지 말라

있는 그대로
아름다운 감정을 표현하라

행복을 꿈꾸는 시

누구나 감명받고
행복한 모습을 상상하라

아름다운 글을 빚어
화음을 내어보라

그리하면 세상에서 가장 멋진 시가 되리니
– 시 「기쁨을 나누는 삶」 전문

 시인에게서 경험과 일상을 어떻게 극복할 것이냐가 중요
한 시의 덕목이다. 그렇다면 일기를 쓰듯, 체험을 고백하
듯, 기억을 복기하듯 시를 쓸 것인가? 의식은 무의식의 실
재이자 주변이다. 경험은 추체험의 토대이자 주변이다. 따
라서 경험, 일상, 실재, 진실, 감동 등에 지나치게 얽매이
지 않는 자유자재(自由自在)로움이 필요하다. 무의식, 추
체험, 입체성, 생의 깊이 등을 사랑해야 한다. 그리고 전
체성의 측면에서 자신의 시와 시조를 성찰하는 엄혹한 시
선이 있을 때 시는 한층 시답고 시조다워질 것이다.

잘못을 감추려고
하늘을 가려보네
사실을 숨겨봐도
언젠가 알게 되네
차라리
숨기지 말고
사실대로 말하렴

거짓은 언젠가는
들통나 창피하네
그때야 후회한들
때늦어 부끄럽네
이 세상
사는 동안에
거짓말은 안 통해
- 시조 「거짓말」 전문

시 쓰기는 진실해야 한다. 추호도 거짓말은 존재하지 않는다. 그래서 시 쓰기는 즐거워야 한다. 나의 진솔한 깨달음과 성장이 있기에 즐겁다. 시 안에 인생 전부를 말할 수 있다면 그보다 더 황홀한 일이 어디 있겠는가? 시 쓰려는 노력보다 더 그럴듯한 일은 없는 듯하다.
날마다 시를 쓰는 즐거움, 조인형 시인이 흐르는 세월을 붙잡는 하나의 장치이자 방법이 아닌가 한다.

삶이란 언제나
상식만 존재하는 것이 아니요
항상 즐겁고 안락하지 않을 것이다

상식적이지 않다고 너무 슬퍼하지 말며
불행하다고 한탄하지 말라

부질없는 세월처럼 너무 실망하지 말자

세월은 멈추지 않고
시냇물처럼 흘러가더이다

사랑도 그리움도 슬픔도
하염없이 흘러간다
눈물은 강이 되고 나는 돛단배가 되어
노를 저어 가련다

깨소금처럼 고소했던 지난 세월
기쁨, 행복, 즐거움이
모두가 소리 없이 가버리는구나
– 시 「흘러가는 삶」 일부

  흘러가는 세월 앞에 자신의 삶에 대한 깨달음을 말한다.
기쁨, 행복, 즐거움은 유한하고 영원하지 않다는 깨달음이
다. 하지만 시인은 끊임없이 시의 꽃을 피운다. 그 꽃은
그리움의 꽃이요. 사랑의 꽃이다.

창밖에 속살속살
빗속에 여인처럼
그리워 구슬프게
사랑을 속삭이듯
창밖에
사랑비 내려
들려오는 목소리

빗방울 떨어지니

무늬가 아름답네
그 임의 얼굴처럼
웃음 띤 모습이네
빗방울
멍때린 가슴
서러워서 그립네
– 시조 「멍때린 가슴」 전문

　시는 그리움의 소산이다. 날마다 그립고 날마다 새롭다. 시인의 정신세계는 무한대다. 영국의 시인 윌리엄 블레이크의 '순수의 전조'라는 시에서 "한 알의 모래에서 우주를 보고 / 들판에 핀 한 송이 꽃에서 천국을 본다 / 그대의 손바닥에 무한을 쥐고 / 찰나의 시간 속에서 영원을 보라"고 노래한 것처럼 시인은 그렇게 위대하다. 작은 상처가 조개 속에 진주를 키우듯이 삶의 손톱자국이나 어느 순간의 감동이 시의 씨앗이 되고 한 편의 시를 낳는다.

머나먼 골짜기에
아롱이 물결치네
어여쁜 색시처럼
모습이 설레었지
가까이
들여다보니
세상살이 똑같다

스치는 바람결에

물결이 황홀했지
꽃씨를 심고 보니
덜 여문 씨앗이네
가슴에
멍울진 상처
윤슬처럼 아리다
– 시조 「멍울진 상처」 전문

 세상의 삶은 그렇게 녹록지 않다. 농부는 땅에 씨앗을 뿌리고 시인은 사람의 가슴에 사랑을 심는 일이지만 덜 여문 씨앗이 있고 멍울진 상처도 있는 법이다. 그러나 자연에서 보리수 한 알을 맛보는 즐거움과 사랑을 느끼는 것도 시인으로서 누리는 행복이다.

보리수 달콤한 알
그리움 찾아들고
앵둣빛 닮은 빛깔
사랑이 스며들며
종자와
시인 박물관
행복 찾아 꿈꾸네

빗방울 속살속살
내리는 뒤뜰에서
보리수 새콤하니
행복이 찾아왔네
종자와

시인 박물관
사랑으로 머무네
- 시 「사랑으로 머무네」 전문

시를 쓰는 일은 축복된 일이며 좋은 시를 쓰기 위해 부
단히 고민하고 감성을 연마하는 일은 나의 삶을 정련하는
행복한 길이다.

문득 가슴에 울림이 있을 때 가장 적은 글로, 크고 넓고
깊은 세계를 열어 보일 수 있다. 그만큼 문학세계는 힘이
세다.

천사 같은 아이들처럼
공감으로 가슴 뛰고
해바라기인 양 웃음 짓는
그 맛 찰떡처럼 고소하다

운율이 막힘없이
흐르고 흘러가듯
한 송이 백합처럼
우뚝 솟아 피어난다

천사처럼 변화하며
삶의 희망 꿈을 심어
세상의 꽃으로 산다
꽃이 미소 살며시 물고
깨소금인 듯 춤을 춘다.

슬픈 척, 기쁜 척
슬픔이 없는 슬픔
기쁨이 없는 기쁨
노래하지 말라 한다

삶은 둥글고
가슴속 깊은 곳
쓸쓸한 고통 속에
슬픔이 보석처럼 묻어 있다

삶의 고통 속에서
슬며시 고개 들어
쓰라린 상처를 남긴다

내 마음 물안개 되어
울려주고 달래주는
천사의 언어 같은
마음의 시여!
– 시 「마음의 시」 전문

　시인의 인식에는 두 가지가 있다. 하나는 대상을 감각기관을 통해 두뇌에 반영하는 감각적 인식이다. 그 인식에는 감각, 지각, 표상 등이 있다. 감각은 객관적 사물의 개별적 속성이 우리 5대 감각기관을 통해서 두뇌에 직접 반영되는 것이다. 지각은 이렇게 감각된 한 사물의 여러 가지 개별적인 속성을 반영하여 그 사물 전체에 대한 관념을 만들어 내는 것이다. 예를 들면 색깔, 향기, 감촉 등 여러

가지 감각기관에 포착된 사물의 개별적인 속성들이 우리 두뇌 속에서 서로 결합하여 '꽃'이라는 지각을 이끌어낸다. 더불어 지각된 사물을 우리 두뇌에서 재생하고 재현해 낼 수 있는데 이렇게 두뇌 속에 저장되어 있어 재생하고 재현할 수 있는 형태의 관념이 표상이다.

> 슬픔이 찾아오고
> 기쁨이 가버리면
> 그리움 애달프고
> 사는 게 애처롭다
> 쓸쓸히
> 기다리는 너
> 보고 싶어 그립다
>
> 슬픔이 떠나가고
> 기쁨이 찾아오면
> 그리움 가버리고
> 사랑이 머무르네
> 날 찾는
> 그대 덕분에
> 내 마음도 행복해
> – 시조 「슬픔과 기쁨」 전문

다른 하나는 그 대상들의 보편적이고 본질적인 속성을 바탕으로 연관시켜 반영하는 이성적 인식이다. 슬픔, 기쁨, 그리움, 사랑은 오롯이 '그대'라는 존재에서 비롯된다.

사물이나 현상의 보편적인 특성, 내적인 본질, 그것들의
고유한 연관, 법칙성을 반영하는 발전된 형태의 인식이다.

남포면
어두운 밤하늘
그림처럼
아주 작은
누이 닮은 초승달
별들을 데리고
오누이처럼
사이좋게 떴다
온통 밤하늘은
별들의 잔치
하늘을 수놓은
달과 별
꽃보다 예쁘다
앙증맞은
초승달이
밤하늘 장식하며
형형하다
그 모습
가슴 속에 담는다
- 시 「밤하늘의 잔치」 전문

한 편의 시에 드리워진 초승달의 깊은 뜻까지도 마음에
새기면서 무언가 인간세계에 따뜻이 손잡아주는 한 역할
을 하고 있다. 그래서 오늘도 시인은 시를 써서 하늘의 별

자리에 올려놓는다. 시인은 밤하늘의 초승달을 보면서 누이를 생각한다. 꽃보다 더 예쁜 초승달은 시인의 가슴을 비춘다. 어두운 밤을 지키는 초승달은 누이요, 누이가 있어서 별들은 외롭지 않고 즐거운 잔치를 맞이한다. 동시적인 순수한 감성을 지닌 작가의 시는 꾸밈없이 맑게 전해온다.

> 사월의 꽃샘추위 별처럼 사라지고
> 오월에 장미꽃이 해처럼 솟아나네
> 고운 산 청계 등산로 내 마음이 기쁘다
>
> 꽃들은 앞다투어 연달아 피고 지고
> 서로가 예쁘다고 내 자랑 앞장서네
> 자연의 새 생명력이 밝은 세상 만든다
> — 시조 「밝은 세상」 전문

결국 시인은 채워져 있는 것에는 끝없이 그 의미를 제거하고 또 다른 의미를 찾아가는 이중적 구도를 선호하게된다. 그래서 시는 즐거운 꿈인 동시에 아픔을 안겨주는 성찰 그 자체라고 말할 수 있겠다. 꽃샘추위가 사라지는 것을 별처럼 사라진다고 표현했다. 오월의 장미꽃이 피는 광경은 해처럼 솟아난다고 표현한다.

그 때문일까? 그의 인생의 등산로는 기쁨의 삶으로 가득하다. 시를 매일 쓰는 것처럼, 그의 삶은 꽃이 핀다. 매일매일 연달아서 피고 지고 서로 경쟁하듯 피어나는 봄이다.

그 생명력을 밝은 세상의 원천으로 표현한다. 그의 인생에서 활기차고 밝은 봄은 아마도 시를 쓰는 일이 아닐까 한다. 그는 오늘도 끊임없이 시를 쓴다. 이성적인 인식을 통해서 새로운 발견의 기쁨을 만끽한다.

시 쓰기는 절대적으로 참신하고 창조적이라는 명제가 엄연히 존재한다. 시와 시조는 새롭고 또 새로움을 추구하는 엄정함과 치밀함이 있어야 한다. 그래서 더욱 분명한 실체를 보여주고 싶어서 시인은 새로운 이미지와 개성적인 나만의 묘사를 찾을 수밖에 없다. 그래서 시는 쉴 새 없이 긴장과 이완을 되풀이해야 한다. 비어있는 것에는 사물의 존재를 끊임없이 채워주고 보충해 주어야 한다.

> 지는 꽃잎 바라보고
> 슬퍼하지 마라
> 떨어지는 꽃잎도
> 아프단다
>
> 미안하다
> 꽃밭을
> 잘 가꾸지 못해서
>
> 꽃나무야
> 잘 자라서
> 예쁜 꽃으로
> 이 넓은 세상
> 기쁨과 행복으로

가득 채워라
- 시 「꽃밭에서」 전문

 슬픔이 기쁨으로, 그리움이 사랑으로, 오늘도 시인은 자신만의 이성적인 인식을 통해서 새로운 꽃을 피우고자 노력한다. 오늘도 그의 인생 꽃밭은 시라는 예쁜 꽃으로 활짝 피어나고 있다. 그 꽃은 시인이 말한 대로 슬픔과 아픔이 아닌 기쁨과 행복의 꽃이다.

이웃님 정을 먹고 사랑은 재잘재잘
입술에 꽃이 피고 얼굴에 미소 가득
머무는 사랑 이야기 아름답고 좋아라

해초의 콩국수는 가슴에 사랑 솟네
커피 향 나비 되어 하늘을 날고 싶네
담소는 맛 나누는 곳 서로 만나 좋아라
- 시조 「담소에서」 전문

 시인에게 시 쓰기는 사랑을 이야기하듯 담소를 나누는 일이다. '담소'라는 음식점에서의 경험을 재미있게 서술했다. 그의 삶도 그렇지만, 시를 쓸 때면 얼굴에는 미소가 가득하다. 마치 해초의 콩국수 맛처럼 시의 맛을 만끽한다. 거기에 품고 있는 사랑의 향기는 나비가 되어 하늘을 날 듯 열정적이다.
 조인형 시인에게 마음에 피는 꽃은 바로 시의 꽃이다. 바로 사랑과 행복의 꽃인 셈이다. 그는 입술에 날마다 꽃이 핀다고 했다. 얼굴에는 행복의 미소로 그득하다. 그리고 시인들을 정기적으로 만나서 시의 맛을 나누고 있다.

조인형 시인은 어느덧 500여 편의 시와 시조를 쓰고 있다. 거기에 머무르지 않고 노랫말 가사 쓰기에도 전념하고 있다. 시와 음악을 통한 바람직한 도전이다.

그의 시적 경향을 규정하자면 희수(喜壽)를 향해 나아가는 순수한 동심의 시요, 이성적 인식을 통해서 발견한 기쁨과 행복의 시라고 말하고 싶다.

조인형 시인은 오늘도 시를 쓴다. 그리고 열심히 배움의 길에 나선다. 끊임없는 열정과 도전, 그리고 글 나눔과 배움의 모습이 존경스럽다.

그와 함께하는 글 나눔의 시간이 싱그럽다. 오롯이 기다려지는 순간, 순간들, 그의 뜨거운 열정을 배우고 싶다. 아울러 그의 새로운 배움과 도전을 응원한다.

아울러 시조 시인으로 새로운 출발을 준비하고 있다. 그의 삶이 더욱 빛나길 소원한다. 건강과 건승을 기원한다.

■ 글벗시선200 조인형 세 번째 시집

마음에 피는 꽃

인 쇄 일 2023년 8월 16일
발 행 일 2023년 8월 16일
지 은 이 조 인 형
펴 낸 이 한 주 희
펴 낸 곳 도서출판 글벗
출판등록 2007. 10. 29(제406-2007-100호)
주　　소 경기도 파주시 와석순환로 16,(야당동)
　　　　　롯데캐슬파크타운 905동 1104호
홈페이지 https://cafe.daum.net/geulbutsarang
E-mail juhee6305@hanmail.net
전화번호 031-957-1461
팩　　스 031-957-7319
가　　격 12,000원
I S B N 978-89-6533-261-9 04810